Orja Viikoksi
Täydellinen Sarja

Erika Sanders

Eroottinen Dominointi ja Alistuminen

Tiivistelmä

Erika suostuu olemaan Sandran orja viikoksi...

Orja Viikoksi on romaani, jolla on vahva BDSM-eroottinen sisältö, ja puolestaan uusi romaani, joka kuuluu **Eroottinen Dominointi ja Alistuminen**, sarja romaaneja, joissa on korkea romanttinen ja eroottinen BDSM-sisältö.

(Kaikki hahmot ovat vähintään 18-vuotiaita)

Erika Sanders on kansainvälisesti tunnettu, yli kahdellekymmenelle kielelle käännetty kirjailija, joka allekirjoittaa eroottisimmat kirjoituksensa, kaukana tavallisesta proosastaan, tyttönimellään.

Indeksi:

ORJA VIIKOKSI
TÄYDELLINEN SARJA
ERIKA SANDERS

ENSIMMÄINEN OSA

"Ymmärrät", Sandra sanoi minulle, "että kun astut kotiini, niin sanomani käy. Täydellinen ja täydellinen tottelevaisuus."

"Öh, kyllä", sanoin hieman huolestuneena.

"Ei hm, kyllä", hän sanoi lujasti, "kyllä emäntä."

"Kyllä neiti", sanoin hieman vakuuttuneemmin.

"Paljon parempi." Hän avasi oven ja piti sitä sivussa, jotta pääsisin sisään. Liikuin hänen ohitse, hinasin koteloa, joka sisälsi mukanani tuomat tavarat, ja seisoin käytävällä. Sandra sulki oven ja käveli ohitseni. Katselin hänen varmaa jalkaa. Hän oli pitkä, melkein 6 jalkaa pitkä. Olen vain 5'2" ja tunsin itseni hänen kääpiöksi. Hänellä oli ihanan muotoinen perse , kauniit kaarevat lantiot ja suuret, C kuperoidut rinnat. Olin järkyttynyt.

Olimme tavanneet pubissa ja keskusteltuaan yön yli, hän oli kysynyt minulta, olinko avoin. Olin sanonut kyllä, ja sitten hän kysyi minulta, pidinkö itseäni hallitsevampi vai alistuvampi.

Minun piti miettiä sitä. Tiedän mitä haluan, mutta olen myös iloinen, kun joku on valmis ottamaan vastuun ja kertomaan minulle, mitä tehdä. Sanoin hänelle, että olen alistuvainen.

Olin järkyttynyt, kun hän kysyi minulta, haluaisinko olla hänen orjansa.

"Mitä tarkoitat?" Kysyin häneltä.

"Tarkoitan, että tulet kotiini ja pysyt luonani ja teet kaiken, mitä pyydän sinulta.

"Seksuaalisesti?"

"Kaikki." Minun piti ajatella. Juttelimme muista asioista, tanssimme, joimme ja illan päätteeksi suutelimme. Se oli upea suudelma, voimakas ja täynnä himoa. Laitoin käteni hänen rinnalleen ja hän otti sen pois ja katsoi minua silmiin.

"Se on orjalleni", hän sanoi.

"Sitten haluan olla orjasi."

Ja nyt tässä ollaan, viikkoa myöhemmin. Sovimme viikon kokeilujaksosta.

"Et ole vielä ansainnut oikeutta käyttää vaatteita, Erika, riisu ne kaikki." Epäröin ja hän astui lähemmäs minua. "Älä ärsytä minua heti alussa, Erika, tai rangaistus suoritetaan. Ota ne pois."

"Kyllä neiti", sanoin. Potkaisin kengät jaloistani ja sitten vedin myös sukat pois. Avasin farkkuni ja liukasin ne alas jalkoihini, kun Sandra seisoi katsomassa minua. Sitten vedin t-paitani pääni yli niin, että seisoin siellä alushousuissani. Seuraavaksi menivät pikkuhousut ja lopulta rintaliivit. Taittelin jokaisen vaatekappaleen siististi ja laitoin ne laukkuuni.

Sandra tutki alastomia vartaloani. Tunsin kuin lihapala seisoisi siellä. Hän katsoi pieniä rintojani ja ojensi sitten sormen ulos ja juoksi sen pystyssä olevan nännini yli.

"Sinulla on niin suloiset pienet rinnat, Erika", hän sanoi minulle.

"Kiitos neiti ."

"Vedä nännejäsi minulle, vedä niitä lujasti, jotta näen kuinka pitkälle saat ne ja kuinka pitkälle ne työntyvät ulos jälkeenpäin."

Katsoin nännejäni ja otin yhden kumpaankin käteen. Vedin niitä kovasti, kunnes se sattui, pienet rinnani venyivät käpyiksi, jotka keilasivat ulos kehostani. Kun päästin irti, nännit seisoivat ylpeänä ja innostuneena pystyssä.

"Hienoa, Erika."

"Kiitos neiti ." Hänen silmänsä jatkoivat minun tarkkailua. Hän katsoi pilluani, jonka hiukset oli siististi leikattu, ja sanoi: "Se ei vain kelpaa. Aion mennä katsomaan televisiota Erika, ja samalla kun katson, teet tämän minulle. Menet kylpyhuoneeseeni ja pinsetit turhamaisuuden ylälaatikosta. Sitten saat pyyhkeen ja tulet olohuoneeseen. Kun katson televisiota, asetat pyyhkeen sohvapöydälle ja istut sen päälle ja nyppikää häpynne, kunnes niitä ei ole jäljellä."

"Kyllä neiti", vastasin. "Pitänkö minun laittaa tavarani pois ensin emäntä?"

"Käänny ympäri", oli hänen vastauksensa. Käännyin hänestä poispäin ja ennen kuin pystyin jatkamaan kääntymistäni häntä päin, tunsin pistävän lyönnin perseessäni .

"En pyytänyt sinua ajattelemaan tai antamaan ehdotuksia Erika."

"Anteeksi neiti." Suuntasin kylpyhuoneeseen, kun Sandra siirtyi luotani . Tämä oli intensiivisempi kuin olin odottanut. Ymmärsin ja mietin, kuinka kauan kestää, ennen kuin lopetan ja jätän pois. Löysin pinsetit ja menin takaisin olohuoneeseen, jossa Sandra istui television edessä. Laitoin pyyhkeen sohvapöydälle, jotta voisin nähdä television, ja sitten levitin jalkani tarkastamaan itseäni.

"Ei, sinä et ole kasvot TV:tä, Erika, vaan minua, jotta voin katsoa, kun repit jokaisen pienen karvan pillustasi." Huokaisin sisäänpäin ja pyöritin itseäni niin, että pilluni paljastui Sandralle ja aloitin pitkän ja raskaan prosessin karvojen poistamiseksi siitä yksi kerrallaan.

Olin ollut siinä noin puoli tuntia, kun aloin tuntea tarvetta pissata. En sanonut aluksi mitään ja kun Sandra lähti huoneesta tehdäkseen jotain, menin vessaan ajattelematta sitä. Palasin ja näin Sandran seisovan ja odottamassa minua.

"Missä helvetissä sinä olet ollut?" hän kysyi minulta.

"Minun täytyi pissata vessaan, neiti", sanoin hämmästyneenä.

"En näytä muistavan, että olisin antanut sinulle lupaa siihen, vai mitä?" hän kysyi.

"Ei emäntä, olen erittäin pahoillani emäntä", vastasin.

"Anteeksi ei leikkaa sitä orjaksi. Mene sinne sohvapöydälle käsien ja polvien varaan." Tein kuten käskettiin, polvistuin kuin koira pöydällä. "Levitä jalkasi leveämmin", hän sanoi. Levittelin polviani erilleen, kunnes ne olivat pöydän reunoilla. Tunsin huoneen viileän ilman paljaalla peräaukollani ja pillullani.

Zas! Tunsin Sandran käden pistelyn lyönnin perseposkilleni . Zas! Ja toisaalta myös.

"Tiedätkö, mitä varten se on?" Minulta kysyttiin.

"Et kysynyt lupaa Mistress", vastasin nöyrästi

"Se on oikein. Ja kun sinua rangaistaan, kiität emäntääsi, koska hän auttaa sinua olemaan oikea orja. Ymmärrätkö?"

"Kyllä neiti", vastasin. Zas! Hänen kätensä löi pillua huuliani ja purin huultani mieluummin kuin itkin. Vaisto sanoi minulle, että se johtaisi vain lisää ongelmia.

"Kiitos neiti ", sanoin. Hän löi pilluani uudelleen, ja sitten vielä kolme kertaa ja sitten perseeseeni vielä . Joka kerta kiitin häntä läpsäyksestä.

"Ok, jatka nyt, en pidä hiuksista omaisuudessani", hän sanoi minulle. Istuin pyyhkeen päälle, peppuni punaisena piiskauksesta. Katsoin pillua huuliani. Ne olivat punaisia osumasta. Mutta olin myös yllättynyt huomatessani, että häpyhuunieni välissä oli pieni kosteushelmi. Minua kohdeltavassa tavassa oli jotain, mikä alkoi saada minut syttymään.

Lopulta onnistuin repimään pillustani viimeisenkin karvan. Minut käskettiin makaamaan, levittämään jalkojani ja vetämään polviani minua kohti niin, että olin täysin alttiina. Sandra käveli heidän luokseen ja polvistui heidän väliinsä. Hän tarkasteli pilluani tarkasti, mutta hän ei koskenut siihen. Olin niin kiimainen! Kun hän oli niin lähellä, tarpeeksi lähellä, että jos hän nuolisi huuliaan, hän luultavasti koskettaisi pilluani, mutta koskematta jättäminen teki minut hulluksi. Halusin hänen nuolevan minua. Epätoivoisesti. En uskonut, että voisin kysyä.

Muutaman minuutin kuluttua Sandra nuolaisi minua yhdellä mukavalla pitkällä nuolella viiltoni tyvestä yläosaan. Mutta se oli siinä. Tunsin mehuni olevan valmiita tihkumaan pillustani ja kun sain istua, kosketin itseäni, sormeni helpotti hieman huulteni välissä.

"Näen, ettet todella ymmärrä tätä Erikaa", Sandra sanoi minulle nähdessään minun tekevän tämän. "Et tee MITÄÄN ilman lupaani. Et mene wc :

hen etkä masturboi. Tule tänne, minun täytyy vahvistaa oppituntia."

Luulin, että minua piiskataan taas. Ja huolimatta siitä, että se oli hieman sattunut, huomasin odottavani sitä innolla. Mutta Sandra johti minut puutuoliin. Siinä oli puinen säleselkä ja massiivipuinen istuin. Istuimeen oli valettu pieni peppumainen painauma ja minä istuin siinä ohjeen mukaan.

"Anna minulle kätesi", Sandra sanoi takaani. Laitoin ne taakseni ja ne otettiin kiinni ja sidottiin nopeasti tuoliin. Sandra tuli silloin eteeni ja sitoi myös nilkkani tuoliin. Hän työnsi tuolin (minun päälläni tietysti) sinne, missä istuisin ja katsoisin häntä. Sitten Sandra meni keittiöön ja palasi suuren vesilasillisen kanssa.

"Juo tämä Erika", hän sanoi minulle. Hän laittoi lasin huulilleni ja selvisin siitä noin puolet hengittämättä. Sitten hän nosti sen ja kaatoi sen suulleni. En odottanut sitä ja siellä oli enemmän kuin pystyin kestämään. Se valui yli huulteni ja juoksi pitkin kaulaani ja rintojani istuimelle. Istuin hyvin matalassa lätäkössä. Tunsin kylmän veden peräaukoni ja pillua huulillani. En kuitenkaan voinut tehdä sen siirtämiseksi.

Sandra jätti minut rauhaan, ja minut jätettiin istumaan katsomaan häntä televisiota. Joka kerta kun mainos tuli, hän täytti lasin ja sai minut juomaan. Tätä jatkui kaksi tuntia.

Taas tunsin tarvetta pissata. Olin tulossa epätoivoiseksi. Olin menettänyt tajunnan siitä, kuinka paljon vettä olin juonut, mutta rakkoni oli valmis räjähtämään! Väännyin istuimellani, mutta mikään asento ei auttanut.

"Tarvitseeko sinun pissata orjaa?"
Sandra kysyi minulta, kun hän huomasi
minun tekevän tätä.

"Kyllä emäntä", vastasin helpottuneena
siitä, että aion mennä wc:hen.

"Sitten sinulla on lupa pissata", hän
vastasi.

"Öh, voitko irrottaa minut, jotta voin
pissata neiti?" Kysyin.

"Sinun ei tarvitse olla sidottu orja, vain
pissaa", Sandra sanoi.

"Tässä?" kysyin hämmentyneenä.

Sandra astui ylös ja otti vasemman
nännin peukalonsa ja etusormensa
väliin. Hän veti sitä lujasti. "Kiinnitä

huomiota. Pissa", hän sanoi ja veti sitä vielä kerran. Yritin rentoutua. Se ei ollut helppoa. Sandra seisoi aivan edessäni. En ollut tottunut siihen, että joku katseli minua tekemässä tätä. En myöskään ollut tottunut olemaan sidottu.

Tunsin sen tulevan, ensimmäisen kiireen, virtauksen huulilleni virtsarakostani.

"Älä tuhlaa aikaani orja, pissa", Sandra sanoi minulle. Ja sitten tunsin sen. Pissani purskahti huulteni välistä kuin tulva, joka rikkoisi padon. Se suihkusi tuolille ja sitten pois reunan yli sekoittuen veteen, joka oli kerääntynyt ympärilleni.

Sandra polvistui eteeni ja kun katselin hämmästyneenä, nojautui eteenpäin niin, että pissani roiskui hänen puseronsa yli.

" Voi hyvä tyttö", hän sanoi minulle ja tunsin oloni iloiseksi, kun sain kehuja. Katselin pissani imeytyvän Sandran puseroon, kunnes enää ei ollut enää mitään pissattavaa. Hän kurkotti eteenpäin ja juoksi sormellaan pissan läpi, joka oli lätähtänyt peppuni ja pilluni ympärille, sitten nosti sen nännille pyyhkimällä sen poikki. Se oli märkä, sähköinen kosketus, joka lähetti jännityksen kehoni läpi. Sitten hän nousi seisomaan ja jätti minut sinne. En tiennyt mitä tehdä. Jäin vain istumaan oman kuseni matalassa altaassa.

Sandra palasi. Hän kantoi jälleen vesilasia. Hän sai minut juomaan sitä. Sitten hän tarttui hiuksiini ja veti kasvoni rintaansa eteenpäin.

"Ime tissiorjaani", hän sanoi minulle. Hän työnsi rintansa kasvoilleni, ja minä avasin suuni ja imetin hänen rintaansa, niin kuin se oli pukeutunut hänen puseroinsa, joka oli kastunut pissastani.

"Tiedätkö, minä olen alkanut pitää sinusta orjasta. Jos olet erittäin hyvä, saatan jopa antaa sinun tehdä minusta myöhemmin." Hän veti puseronsa pois päältä ja sitten rintaliivit. Melkein kirjaimellisesti kuolaa, kun näin hänen rinnansa. He olivat hämmästyttäviä. Hän pudotti vaatteensa kusen ja veden lätäköön ja sitten hän vain istui ja katsoi televisiota, jättäen minut yhä istumaan nopeasti jäähtyvässä lätäkössä, jonka tunsin paljailla huulillani ja rypistyneellä pienellä peräaukoni.

Minun on täytynyt istua siellä vielä puoli tuntia miettien, olisinko täällä koko yön.

"Minun on aika mennä nukkumaan", Sandra ilmoitti minulle seisoessaan edessäni ihanan suuret rinnat paljastuen kiusoitellen minua. "Aion purkaa sinut

nyt Erika ja haluan sinun noudattavan
ohjeitani. Valmistaudun nukkumaan.
Kun teen sitä, sinä siivoat tämän sotkun.
Sitten tulet huoneeseeni ja nuollat
minua kunnes Ymmärrätkö?"

"Kyllä neiti", vastasin. Sandra liikkui
takanani ja irrotti minut. Hieroin
ranteitani, kun Sandra muutti pois, ja
sitten ryhdyin siivoamaan sotkua
lattialta, tuolista ja Sandran puserosta.
Kuulin suihkun ja ajattelin hetken, että
se olisi loistava tilaisuus ilahduttaa
itseäni, mutta olin varovainen. Tietäen
onneni, jäin kiinni ja rankaisin taas. Ja
kuka tietää, mitä Sandra keksisi
seuraavaksi.

Muutin makuuhuoneeseen ajoissa
nähdäkseni hänen astuvan ulos
kylpyhuoneesta alasti. Hän oli niin
seksikäs. Sandra makasi sängyllä ja
levitti jalkansa. "Syö minut orjana", hän
sanoi minulle.

Ryömin hänen jalkojensa väliin katsellen hänen silkkistä, karvatonta pilluaan. Hänen huulensa olivat jo täynnä, ilmeisesti valmis rakastamaan, klitoris pystyssä ja kurkistaa hänen huultensa välistä. Irrotin sormillani hänen häpyhuunsa ja sitten juoksin kielelläni hänen raon läpi työntäen sisälle ja sitten ylös ja yli klitisen.

"Voi kyllä", hän mutisi ennen kuin rohkaisi minua ja vaati minua jatkamaan. Kieleni työskenteli yhä uudelleen ja uudelleen ja yli hänen pillunsa, sisään ja ulos ja edestakaisin. Tunsin oman mehuni tihkuvan huulteni välistä, että olin niin kiihtynyt. Halusin niin paljon huomiota , mutta keskittyin rakastamaan rakastajani. Hän maistui upealta.

Kuulin hänen hengityksensä lyhentyvän, tullessaan housuissa ja haukkovan henkeä, ja sitten pääni puristui hänen reisiensä väliin, kun hän tuli, purskahtaen nestettä kasvoilleni! Minä nuoloin ja slurter ja Sandra huusi, kouristelevat hänen ilo.

"Hyvä tyttö Erika", hän sanoi pysähtyessään ja olin yllättynyt siitä, kuinka iloinen olin saadessani tällaisen kehumisen. Sandra katsoi lakanalle leviävää kosteaa laastaria ja hymyili.

"Luulen, että tarvitsen puhtaan lakanan orjan." Hän kertoi minulle, mistä sen löytää, ja menin hakemaan hänelle. Kun olin laittanut sen sängylle (Sandra katsoi minua koko ajan), kysyin, mitä hän haluaisi minun tekevän märällä.

" Voi , saat nukkua tuolle kultaseni. Sängyni jalkaan", minulle kerrottiin. Sandra pakotti minut makaamaan sänkynsä jalustalle ja sidottua yhden nilkan sängynpylvääseen, jotta en voinut liikkua kovin kauas hänestä. Hän käski minun levittää jalkani, jotta hän voisi katsoa pilluani uudelleen. Hän juoksi sormella halkion läpi ja selkäni kaarevasti yrittäen pitää yhteyttä mahdollisimman pitkään . Hänen sormensa työntyi sisääni ja minä itkin ja nautintoa, jonka sain vihdoin tuntea päivän puutteen jälkeen. Se vedettiin pois ja katsoin, kun Sandra imi sen puhtaaksi.

"Hyvää yötä orja." Hän hyppäsi sängylle. "Ja jos ihmettelet, jos sinun täytyy pissata, teet sen siellä, ellen avaa sinua aamulla." Ja sen myötä en kuullut hänestä mitään muuta.

Minulla kesti jonkin aikaa mennä nukkumaan, mutta lopulta onnistuin.

Kun heräsin, Sandra seisoi ylläni alasti. Se oli kaunein näkymä hänen pitkiä pitkiä jalkoja pitkin, hänen kaljunsa halkeamansa ohi, hänen rintojensa alapuolen käyrälle, hänen päänsä taivutettuna eteenpäin niin, että katsoin kasvoihin. Venyttelin ja huomasin, että minut oli jo irrotettu.

"Nämä ovat sinua varten", hän sanoi minulle ja pudotti minulle hymyillen siniset puuvillaiset pikkuhousut.

" Oi kiitos emäntä", sanoin aidosti iloisena. Hän näki, että laitoin ne päälle, ja sitten pakotti minut seisomaan eteensä.

"Mistress, saanko käyttää wc:tä?" kysyin häneltä hieman hermostuneena.

"Ei. Polvistu", hän sanoi minulle. Polvistuin hänen eteensä. "Kun olet valmis lähtemään, pissaa pikkuhousut, orja. Haluan nähdä sinun kastelevan ne." Hän istui jalat ristissä edessäni ja odotti.

Ei kestänyt kauan, kun en kestänyt sitä juuri heräntyäni. Tunsin sen kihelmöinnin ja kiireen, ja sitten pikkuhousut kastuivat, kuseni liotti kangasta ja juoksi sitten jalkaani pitkin. Jakoin ne hieman ja se putosi lakanalle, jolla olin nukkunut.

"Tykkään katsella sinun pissaamista, orja", Sandra sanoi. "Nyt voit katsoa minua." Hän seisoi edessäni ja nojautui hieman taaksepäin ja jakoi häpyhuunsa sormillaan. Olin tuskin havainnut, mitä hän teki, kun hänestä suihkusi terävä lämmin kusivirta kuin jousi, osui minua rintaan, juoksi nänneni ja vatsani yli ja alas pilluani. Tunsin hänen lämpimän pissansa kaljuilla huulillani.

" Oi, sinusta on tulossa ihana orja, et edes säikähtänyt", Sandra sanoi minulle hymyillen. Hän ojensi kätensä ja minä laitoin omani hänen käsiinsä. Hän nosti minut jaloilleni ja veti minut itseään vasten, vartaloni märkä ja hänen kussa painettiin hänen omaansa vasten. Kasvoni olivat vain hieman hänen nännensä yläpuolella ja tunsin itseni murskaantuneeni hänen uskomattomia tissään vasten. Halusin niin imeä hänen suurta nänniään.

"Tule suihkuun kanssani, Erika", Sandra sanoi. Menimme kylpyhuoneeseen ja pian seisoin alkovissa hänen kanssaan, varsinkin vielä pikkuhousut jalassa. Sandra pyysi minua pesemään hänet perusteellisesti kiinnittäen huomiota hänen peräaukkoonsa ja vaatien, että työntäisin sormeni hänen tiukkaan reikään. Sitten hän otti minulta saippuan ja alkoi pestä vartaloani.

En ollut koskaan kipeä naisen kosketuksesta, kuten tein, kun hän alkoi juosta käsiään pienten rintojeni yli. Hän heilutti ja nipisteli ja kiusoitteli nännejäni, ja minä voihkaisin jokaisella kosketuksella.

Sandra liikutti vesisuihkua niin, että se puuttui minusta ja sitten hänen kätensä oli alhaalla pikkuhousujen sisällä, saippuoiden pakaroitani. Tunsin hänen sormensa työntävän peräaukkoani ja työnsin takaisin, tunten sen liukuvan sisään hieman.

"Tämä varmaan tappaa sinut , Erika. Lyön vetoa, että haluat tällä hetkellä vain haukkua."

"Voi kyllä, emäntä", onnistuin tärisemällä äänessäni. Näin hänen ottavan partaveitsen ja kääntävän sitä kädessään. Hän alkoi levittää saippuaa koko kahvaan ja tunsin pikkuhousujen vetävän jalkojani alas. Hän käänsi minut seinää vasten ja käski minua asettamaan käteni eteeni levittäen jalkani. Sitten partakoneen kahvan kärki työnnettiin peräaukoni sisään. Huusin ja se oli kovempaa.

Sandra ei pysähtynyt ennen kuin koko käsi oli syvällä perseessäni , vain levenevä pää, johon partaveitsi normaalisti kiinnitettiin, esti häntä liukumasta sitä pidemmälle. Hän väänsi sen sisälläni, kädensijan käyrä pyörii takamuksessani. Se riitti melkein saamaan minut orgasmiin. Melkein, mutta ei aivan.

Sitten se vedettiin pois, peppuni pestiin ja pikkuhousut vedettiin takaisin paikoilleen. Jälleen pilluni oli hylätty. Olimme poissa suihkusta ja Sandra kuivasi itsensä. Minulle ei annettu pyyhettä.

Sandra johdatti minut sitten makuuhuoneeseen ja kertoi, että hänellä oli joitain asioita hoidettavana. Kun olin makaamassa hänen sängyllään ja sidottuina, hän kertoi minulle, että hänellä oli hyvä käsitys siitä, kuinka

kiimainen olin, eikä hän luottanut siihen,
etten saa orgasmia, kun hän oli poissa.
Joten minulla oli sidottu tilaa liikkua, ei
vain tarpeeksi päästäkseni mihinkään
solmuihin tai pilluani. Paras, mitä
pystyin hallitsemaan, oli saada toinen
käsi nänni päälle.

Sitten olin yksin.

Tunteja myöhemmin heräsin
makuuhuoneeseen tulevien äänien
ääneen .

TOINEN OSA

Ovikello soi.

"Mene katsomaan kuka on ovella, Erika",
kuulin Sandran huutavan. Menin ovelle
peloissani. Loppujen lopuksi minulla ei
ollut lupa käyttää talossa muuta kuin
pikkuhousuja, joten kuka tahansa siellä
oli näkemässä pieniä rintani ja
pystyttäviä nännejä.

Alustavasti katsoin vakoilureiän läpi
nähdäkseni siellä seisovan miehen.

Oli vaikea sanoa, miltä hän todella näytti
tuon vääristyneen kuvan läpi, mutta hän
oli pukeutunut pukuun.

"Hienoa, ajattelin, aion antaa jollekin
myyjälle hänen vuoden suurimman
jännityksen!" Avasin oven ja heilautin

sen tarpeeksi leveäksi, jotta pystyin
kurkistamaan sen ympärille.

"Joo?" Kysyin.

"Onko Sandra mukana?" hän kysyi
minulta, hänen silmänsä liikkuivat
kasvoiltani alaspäin niskaani ja
solisluuni kohti. Hän nuolaisi huuliaan.
Luulen, että hän tiesi, etten ollut
kunnolla pukeutunut oven takana.

"Kuka voin sanoa soittavan?"

"Dan."

"Odota hetki, kiitos", sanoin hänelle ja
suljin oven. Menin etsimään Sandraa ja
löysin hänet nousemassa wc:stä.

"Täällä on Dan tapaamassa sinua
Sandra", kerroin hänelle.

"Voi kuinka ihanaa", hän huudahti.
"Mene ja päästä hänet sisään ja tuo
sitten loungeen."

Palasin ovelle ja avasin sen, tällä kertaa
tarpeeksi leveästi, jotta Dan voisi kävellä
sisään. Tunsin hänen silmänsä kulkevan
ylös ja alas kehossani ja tunsin
reagoivani vilpittömään arvioon. Mitään
ei sanottu, mutta Dan astui eteiseen,
jotta voisin sulkea oven.

"Seuraa minua, kiitos", sanoin hänelle ja
kävelin loungen suuntaan. Vilkaisu
olkapääni yli varmisti, että hän seurasi,
ja kertoi myös minulle, että hänen
silmänsä olivat tuolloin kiinni
pikkuhousuihin pukeutuneeseen
peppuun.

Ohjaan Danin olohuoneeseen, jossa Sandra istui sohvalla. Hän seisoi Danin saapuessa ja astui sisään halatakseen häntä.

"Hei Dan, on niin kiva nähdä sinut!" hän sanoi.

" Samoin Sandra. Olin kaupungissa työasioissa ja minun piti poiketa."

"Haluaisitko drinkin?"

"Skotlantilainen?" Dan kysyi.

"Tietenkin. Erika, hae Danille skotti. Jäällä, eikö?" hän sanoi vahvistaen Danin kanssa. Hän nyökkäsi, ja minä lähdin viinakaappiin sohvapöydän toisella puolella, josta hän ja Sandra olivat nyt istuneet sohvalle. "Ja hanki yksi minullekin", hän lisäsi.

Kumarruin ja pidin polveni suorina, kun hain pullon kaapista, ja pidin varmasti pikkuhousuilla pukeutunutta pilluani suoraan Sandraa kohti, kuten minulle oli käsketty noutaessani tavaroita alhaalta. Sandra piti jaloistani, eikä hän halunnut hukata mahdollisuuttani ihailla niitä.

Ohitin Danin juoman ja annoin sitten Sandralle hänen omaansa, ennen kuin hän sanoi: "Kiitos Erika, voit istua tuolle tyynylle." Hän osoitti tyynyä oleskelutilan kulmassa , ja minä menin istumaan, jalat ristissä, tietoisena siitä, että Dan antoi katseensa kohdistaa minuun rintoihin silloin tällöin, kun he puhuivat.

He olivat jutelleet noin puoli tuntia, ja olin täydentänyt heidän juomiaan pari kertaa, kun Sandra sanoi Danille, kun tämä oli katsonut minua uudelleen: "Pidätkö sitten uudesta lelustani?"

"Hyvin paljon, hän on erittäin söpö, Sandra, olet tehnyt erittäin hyvää itsellesi."

"Kyllä, hän on myös oppinut melko nopeasti", Sandra sanoi ja tunsin lämpimän hehkun kiitoksesta.

"Näissä pienissä rinnoissa on jotain, joka vetää jatkuvasti silmiäni", Dan sanoi. "En voi oikein laittaa sormeani siihen, koska pidän yleensä enemmän sinun kaltaisestasi mukavasta tyhmästä tytöstä, mutta hänessä on jotain..."

"Tiedän mitä tarkoitat", Sandra vastasi. "Minä olin aluksi samanlainen. Nyt pidän sitä itsestäänselvyytenä. Loppujen lopuksi hän vastaa edelleen hyvään nännin vetoon."

"Haitatko, jos kokeilen sitä?"

"Ei tietenkään. Erika, tule tänne, kiitos."
Nousin seisomaan ja kävelin heidän
kahden istumapaikkaan. "Polvistu
tänne." Polvistuin heidän eteensä. Dan
ojensi kätensä ja juoksi kädellä rintani
yli ennen kuin otti vasemman nännin
peukalonsa ja etusormensa väliin. Hän
veti ja väänteli ja tunsin terävän kivun
lentävän rintaani läpi. Huusin, en voinut
auttaa itseäni.

Sandra ojensi kätensä ja veti oikeasta
nännestäni samaan aikaan ja minä
voihkin taas.

"Ne ovat ihania pieniä nännejä, eikö
niin?" hän sanoi Danille, joka oli samaa
mieltä hänen kanssaan. He kaksi
jatkoivat leikkiä nänneilläni jonkin aikaa
ja sitten yhtäkkiä (ainakin minusta
tuntui) pysähtyivät ja jatkoivat
keskusteluaan. Polvistuin

yksinkertaisesti, enkä saanut ohjetta
tehdä mitään muuta.

Sitten minua pyydettiin hakemaan lisää
juomia ja tein sen. Kun olin toimittanut
ne, epäröin, en tiennyt, minne minun piti
palata, polvistuen heidän eteensä tai
nurkkaan. Sandran on täytynyt huomata
ja neuvoa minua polvistumaan
uudelleen heidän eteensä.

"Mutta ota nuo pikkuhousut pois, haluan
Danin näkevän kynittyyn pilluasi..." hän
lisäsi, kun olin puolivälissä lattiaa.
Nousin jälleen seisomaan ja vedin
pikkuhousuni alas jalkoihini paljastaen
sileän, kaljun kumpani. Dan istui ja ihaili
minua pitäen katseensa pillussani.

"No hänellä on varmasti ihana pillu,
sanoitko sen kynittynä?" Dan sanoi
toisella kädellä säätäen housunsa
haaraa.

"Kyllä, tiedät kuinka en pidä hiuksista ja parranajo on sänki, joten sain hänet istumaan sinne ja nyppimään itseään, yksi hiukset kerrallaan. Se oli erittäin nautinnollista ja mielestäni hänen pillunsa näyttää paljon paremmalta siihen .

"Lyönnän, että se on mukava ja tiukka."

"En tiedä vielä, en ole antanut hänen tehdä mitään pillulleen, enkä minäkään sen jälkeen kun hän tuli tänne. Hänen on ansaittava oikeus tulla naituksi kunnolla tässä talossa. "Se tekee hänestä ihanan ja märkän kuitenkin", Sandra lisäsi, otti pois heitetyistä pikkuhousuistani ja näytti Danille märän jäljen haarassa.

Heidän puheensa minusta ikään kuin minua ei olisi ollut olemassa, alkoi saada minut syttymään. Koko esineenä

kohdeltu oli aluksi masentanut minut,
mutta nyt se sanoi minulle: "Tämä on
roolisi ja sinua arvostetaan. Nauti siitä ja
nauti siitä." Ilmeisesti se sai Daninkin
syttymään, koska hänellä oli selvä
erektio housuissaan.

"Miksi Dan, tarvitsetko jotain apua?"
Sandra kysyi häneltä, kun hän sopeutui.
Hän ojensi kätensä poikki ja silitti hänen
kukkoaan hänen housunsa läpi.

"Ottaisin mielelläni apua vastaan."

"Sinun on parempi nousta seisomaan",
hän sanoi hänelle. Dan seisoi ja Sandra
käski minun irrottaa housunsa ja nostaa
kukkonsa ulos, mutta älä koske siihen.
Avasin hänen vyön ja sitten hänen
farkkujensa napin ja perhon, jotka
liukuivat lattialle. Hänellä oli upeat jalat,
ja hänen täytyi olla pyöräilijä, koska
niissä ei ollut hiuksia. Hänen kalunsa
työntyi ulos hänen nyrkkeilijöihinsä,

jotka vedin pois, varoen ohjaamaan niitä kiinni jäämättä tai koskematta hänen kukkoansa. Se oli pitkä ja paksu ja erittäin vaikuttava. Halusin kurkottaa käteni ja pitää sitä, mutta tiesin, että se tarkoittaisi enemmän vaivaa kuin osasin kuvitella.

Dan istuutui takaisin sohvalle ja Sandra kumartui ja alkoi nuolla Danin kukkoa pitkin. Katselin hänen kielensä tanssivan hellästi suonissa ja käpristyvän pään ympärille. Dan huokaisi.

"Voit leikkiä hänen tissillään Danilla ja koskettaa hänen kumpuaan, mutta älä kosketa tai tunkeudu hänen huuliinsa", Sandra sanoi ennen kuin otti hänen kukkonsa hyvin suuhunsa. Hän liu'utti sitä pehmeästi ylös ja alas hänen pituuteensa.

Dan ojensi kätensä ja veti minut lähemmäksi häntä oikeasta nännistäni.

Hänen toisen kätensä sormet tanssivat munkkini sileällä iholla vaarallisen lähellä huuliani, mutta eivät koskaan koskettaneet niitä. Sitten hän veti nänneistäni uudelleen. Kovaa. Se sattui, hän veti niin lujaa, että olin varma, että hän musteli heitä, mutta en itkenyt, vaan seisoin paikallaan ja kestin kipua keskittyen Sandraan, jonka kukko liukasi sisään ja ulos hänen suustaan .

Hän pysähtyi ja veti toppinsa pois päänsä yli ennen kuin päästi irti rintaliivit, hänen massiiviset rinnansa valuivat ilahduttavan vapaaksi. Hän tarttui Danin kukkoon ja sijoitti sen rintojensa väliin ja ansaitsi sen rintojensa väliin käsillään . Sitten hän tippui sylkeä suustaan hänen kalunsa yläpuolelle ja alkoi liu'uttaa rintojaan ylös ja alas hänen kukkonsa molemmin puolin.

Dan lakkasi kiinnittämästä minuun huomiota ja katsoi, kun Sandra nai hänen kukkoaan tissillään. Sitten hän alkoi työskennellä hänen vartaloaan kielellään, kunnes hän makasi miehen päällä rinnat puristettuina hänen rintaansa vasten ja jalkansa leviävät hänen molemmille puolille. Dan veti hameensa päällään, kunnes se oli kimppuun hänen vyötäröllään. Sitten hän tarttui hänen sukkahousuihinsa ja repi ne osiin. Sandralla ei ollut pikkuhousuja letkun alla.

Sandra kumartui eteenpäin ja Dan tarttui hänen kukkoonsa suunnaten sen pillua kohti. Hän työnsi takaisin alas ja liukui hänen tangoaan pitkin upottaen sen sisäänsä. Seisoin heidän vieressään, kun Sandra ratsasti ylös ja alas hänen jäykällä kalullaan odottaen ja miettien, mitä saisin tehdä. Sandra on varmaan lukenut ajatukseni.

"Tule tänne", hän sanoi minulle ja heti kun olin tarpeeksi lähellä, hän otti nännin suuhunsa, imeen sitä innokkaasti

pomppiessaan ylös ja alas. Sitten Dan
työnsi Sandraa taaksepäin, kunnes he
olivat vaihtaneet asentoa ja hän piti
itseään hänen päällänsä ja työnsi
kukkonsa lähetystyöasennossa, ja hänen
pallonsa löivät häntä vasten jokaisella
sisäänpäin suuntautuvalla työntöllä.

Kuulin hänen murisevan ja näin hänen
pitävän itsensä sisällä, ilmeisesti
ampuen hänen cum syvälle hänen
sisällään, ennen kuin veti hänen
kukkonsa ulos.

"Kiitos Sandra, se oli yhtä upeaa kuin
koskaan", hän sanoi hänelle.

"Puhdista hänet Erika, käytä suutasi",
Sandra sanoi katsoen minua. Polvistuin
ja Dan istui jalat levitettynä sohvalle,
hänen kalunsa ei ollut kokonaan
kulunut, kiilten niiden yhdistetyistä
mehuista. Käytin suutani, imeen ja
nuoleen hänen kukkoaan, puhdistaen

häntä heidän ilostaan. Kun tein niin, hän nousi jälleen täysin pystyssä olevaan tilaan ja nautin siitä, että minulla oli niin suuri kukko imettävänä.

"Lopeta Erika, hän on puhdas. Sinun täytyy siivota minut nyt. Ja tällä kertaa et lopeta ennen kuin minä cumyn." Sandra kertoi minulle. Siirsin hänen jalkojensa väliin ja hän liukui eteenpäin, kunnes hänen takapuolensa riippui reunasta, jalat erosivat minulle.

Ihailin hänen pilluaan ja laitoin kieleni hellästi hänen häpyhuulle nuoleen ja puhdistaen. Sitten näin kumin tihkuvan hänen huultensa välistä ja alas kohti hänen peräaukkoaan. Jahtasin sitä kielelläni, ja minun piti nuolla ympäri ja yli hänen ryppyisen reiän täyttääkseni minulle asetetun tehtävän vaatimukset. Sandra voihki äänekkäästi, kun kieleni tanssi hänen peräaukkonsa yli.

Tutkin hänen huultensa väliä, nuoleen, imeen, puhdistaen kumin hänestä ja sitten siirryin ylös hänen klitoriaan. Juoksin kieleni yläosan poikki ja sitten takaisin alas ennen kuin kiertelin sitä ympäri ja ympäri. Näin Danin silittävän kukkoaan silmäkulmastani, kun hän katseli minun esiintyvän rakastajatarilleni.

Sopeuduin rytmiin ja sain palkinnon, kun kuulin Sandran huutavan ja hänen ruumiinsa kouristivat hänen orgasmistaan.

Kun hän oli toipunut, hän sanoi minulle, että voisin nyt palata nurkkaan. Olin hyvin tietoinen siitä, kuinka märkä pilluni oli, kun palasin huoneen poikki. Dan ja Sandra istuivat ja juttelivat vielä vähän, eikä heidän mielestään kannattanut huolehtia vaatteiden kunnostamisesta.

"Hän on varmasti ihastuttava nuori lelu",
Dan sanoi jossain vaiheessa. "Onko
mahdollista, että saan haukkua hänen
suuhunsa?"

"Minulla on toinen idea. Hän on ollut
erittäin hyvä ja ansaitsee palkinnon. Ei
niin hyvä, huomioi", Sandra lisäsi
nähdessään hänen silmiensä loistavan.
"Tule mukaani Erika", hän sanoi.
Seurasin Sandraa makuuhuoneeseen,
jossa hän odotti pitkällä narulla. Hän
käski minua pitämään käsistäni
kyljestäni ja sitomaan köyden
ympärilleni kyynärpään korkeudelle,
jotta voisin liikuttaa alempia käsivarsia,
mutta en olkavarsiani. Se oli tarpeeksi
pitkä, jotta hän kykeni kietoamaan sen
ympäri ja ympäri rintani yli, sitoen
olkavarteni täysin paikoillaan jättäen
tarpeeksi pituuden, jotta hän pystyi
ohjaamaan minut siitä.

Ja hän tekikin, takaisin olohuoneeseen,
jossa Dan odotti, ja hän kietoi vielä

useita pituuksia narua hänen toisen kätensä päälle.

"Nyt tämä näyttää lupaavalta", Dan sanoi katsellessaan meidän lähestyvän.

"Polvistu Erika", Sandra sanoi minulle. Polvistuin ja tunsin Sandran juoksevan toisen pituisen narun jalkojeni ympärille. "Istu nyt takaisin kantapäällesi ja nojaa sitten eteenpäin laittaaksesi pääsi lattialle niin, että polvisi ovat rintaa vasten." Tein niin. Nauran pituus, joka oli nyt loukussa polvieni takana taitettujen jalkojeni takia, nostettiin niskan yli ja sidottiin sitten sen eteen. Sandra säätele minua hieman.

Lopulta minulla oli käsivarret ja sääret maassa, taitettuina niin, etten voinut liikkua, takapuoli osoitti takanani. Se ei ollut mukavaa, ja toivoin, että se voisi tarkoittaa vain sitä, että Sandra aikoi antaa Danin naida minua ja vapauttaa minut.

Olin melkein niin onnekas.

"Säästän tämän minulle", kuulin Sandran sanovan takaani, kun sormi juoksi aina niin hitaasti vasemman ulomman pilluhuuleni yli. Vapahdin kosketuksesta. "Mutta luulen, että on aika, että tätä lelua käytettiin vähän . Loppujen lopuksi leluilla tulee leikkiä, ei niitä jätetä hyllylle kääreeseensä. Ja siksi annan sinun naida häntä Dania, täällä."

Tunsin hänen sormensa lepäävän kevyesti peräaukoni keskellä.

"Nyt minulla on lahja, jonka otan mielelläni vastaan", Dan vastasi.

"Anna minun valmistaa hänet sinua varten", Sandra sanoi. Hän lähti huoneesta ja tuli takaisin. Ensimmäinen asia, jonka tunsin, oli hänen kielensä, joka nuolee kevyesti peräaukoni ympärillä. Se oli villi. Halusin vastata, mutta olin liian tiukasti sidottu siihen. Sitten tunsin jotain viileää juoksevan takamuksessani.

Sandra alkoi hieroa sitä peräaukkooni. Sen täytyy olla voiteluainetta, ajattelin itsekseni. Hän työnsi peräaukkoani tunkeutumatta, juoksemalla sormeaan tai peukaloaan edestakaisin sisäänkäynnin poikki, kunnes hän keihäsi sormensa sisääni. Huokaisin , kun hän liukui lujasti lihakseni renkaan vastuksen ohi.

Hän liu'utti sitä sisään ja ulos muutaman kerran ennen kuin levitti lisää voiteluainetta ja työnsi toisen sormen sisään ensimmäisellä. minä huokaisin.

"Ok Dan, luuletko pärjääväsi?" hän kysyi
nauraen.

" Oi, olen varma, että pystyn", hän
vastasi. Tunsin hänen suuren kalunsa
pään lepäävän peräaukoni vasten. Paine
kasvoi hitaasti, kunnes tunsin hänen
hellittävän sisälläni. Purin huultani
tukahduttaakseni kaiken äänen, jonka
voisin tehdä niin hitaasti mutta lujasti
kuin hän työskenteli sisälläni. En voinut
uskoa kuinka suurelta se tuntui. Halusin
aikaa sopeutua, valmistautua siihen,
mitä oli tulossa, mutta sitä ei sallittu.
Hän työnsi sisälle säälimättömästi , eikä
minulla ollut muuta vaihtoehtoa kuin
päästää hänet. Ja sitten hän pysähtyi.
Hän piti kukkoansa niin pitkälle
sisälläni, että ajattelin, että hänen on
täytynyt olla valmis tönäisemään
risatani. Ja sitten hän helpotti takaisin.
Se oli mahtavaa.

Hän työnsi uudelleen; liukuen takaisin sisään ja tunsin Sandran tiputtavan voiteluainetta päällemme, kun sulauduimme jälleen yhteen. Se tippui hänen kukkonsa ja peräaukoni ohi pilluani ja särki saada se koskettaa. Dan alkoi nyt naida persettäni, ja kun sopeuduin, nautin siitä todella, keinuessani aina niin kevyesti rohkaistakseen häntä tunkeutumaan perseeseeni.

Halusin, että klitsooni kosketetaan. Olin tulessa. Tiesin, että se vaatisi vain pienimmänkin kosketuksen, jotta minusta tulisi niin kuin koskaan ennen, mutta en voinut tehdä mitään saavuttaakseni sen. Ja sitten Dan tuli ja tulvi perseeseeni siemenensä.

"Kiitos paljon Sandra", hän tarjosi ennen kuin lähti vessaan.

""Anna minun siivota sinut, Erika",
Sandra sanoi hänen poissa ollessaan.
Tunsin hänen kielensä nuolevan pilluni
viiltoa peräaukkooni, jossa hän nuoli ja
imesi, kunnes kumpua ei enää ollut
jäljellä.

"No, Sandra, minun täytyy mennä", Dan
sanoi palaten kylpyhuoneesta. "Kiitos
niin ihanasta vierailusta."

"Aina Dan, iloinen, että poikkesit", hän
vastasi. Hän käveli hänet ovelle. Hän
kaatoi minut kylkelleni edelleen
sidottuna ja istuutui sitten katsomaan
televisiota.

Makasin lattialla ja näin vain television,
kasvot poispäin Sandrasta. En voinut
kääntää päätäni tarpeeksi kauas
nähdäkseni hänet . Se oli väistämätöntä,
että niin kävisi, ja vaikka toivoin muuta,
minun piti pissata.

"Ole hyvä neiti, minun täytyy mennä wc:hen", sanoin, en odottanut saavani lupaa, mutta minun oli kysyttävä varmuuden vuoksi.

"No, minä katson televisiota, eikä minulla ole aikaa irrottaa sinua, joten voit joko kestää esityksen loppuun asti tai vain helpottaa itseäsi. Yritin pitää kiinni, mutta turhaan, lopulta ennen loppua esityksen aikana minulla ei ollut muuta vaihtoehtoa kuin päästää pissani irti.

Kun olin lopettanut , makasin kusessani lattialla ja hämmästyin, kun tunsin Sandran siirtyneen minua kohti. Tunsin hänen kätensä hyväilevän lantioni ja liukuvan alas pakarani yli koskettaakseni pissan kasteltua pillua sormillaan. Hän juoksi niitä edestakaisin halkoani pitkin ja pian kosteuspinnoitteeni muuttui. Sormi

koetti peräaukoni ja työskenteli hitaasti
sisällä ja sitten täydelliseksi
yllätyksekseni yksi lipsahti pilluni
sisään.

Voihkaisin, se oli ensimmäinen suora
kontakti, jonka hän oli ottanut pilluani ja
yhtäkkiä tajusin kuinka paljon olin
halunnut sitä. Sitten Sandra löysää
minua sitovia naruja.

"Tule kanssani, meillä oli aika pitää
hauskaa." Heittäen pois viimeiset narut
nousin hitaasti lattialta hieroen
vartaloani sinne, missä ne oli kiinnitetty.
Olin ollut siinä asennossa reilun tunnin
ja kompastuin hieman ensimmäisessä
askeleessani. Sandra johdatti minut
kylpyhuoneeseen ja avasi suihkun.

Sandra juoksi kättään ylös ja alas kehoni
puolella, joka oli makaanut virtsassani.
Hänen märkä kätensä piti rintaani ja
sitten hän laski päänsä nännini päälle ja

imi sitä. Sitten hän avasi suihkualkovin oven ja astui sisään viittaen minua seuraamaan häntä.

"Polvistu sinne, Erika", hän sanoi osoittaen lattiaa edessään. Polvistuin lattialle, kasvoni hänen pillunsa tasolla, silmät ylöspäin, ihaillen hänen riippuvien rintojensa alaosaa. Vesi roiskui Sandran selkää vasten ja sain vain satunnaisen harhailevan puron hänen liikkuessaan.

Sandra toi kätensä pillulleen ja levitti huulensa eteeni, sitten nojautui hieman taaksepäin. Osa vedestä valui nyt hänen hartioidensa yli minua kohti, kun taas osa valui hänen rintojensa väliin hänen pillulleen. Kun katselin, silmäni tarkastelivat hänen kauneuttaan ja varastoivat näkyä pois, hän alkoi pissata. Lämmin kusta virtasi lyhyesti hänen pillultaan ja löi minua niskaan. Sandra kumartui jälleen eteenpäin ja katsoi kuinka hän kusi tisseihini.

"Avaa suusi Erika, juo mun kusi." Istuin katsomassa häntä enkä liikkunut. "Erika, se ei ollut pyyntö, se oli käsky. Juo minun kusi." Virtaus oli nyt pysähtynyt, ja Sandra ilmeisesti pidätteli osoituksena halustani noudattaa hänen pyyntöään. Hän ojensi kätensä ja tarttui hiuksiini, kallistaen päätäni taaksepäin ja astuen ylitseni niin, että hänen pillunsa oli vain sentin päässä suustani.

"Älä tee tästä vaikeaa, lelu. Ilmeisesti et ole valmis siihen nautintoon, jonka aioin antaa sinulle." Tunsin hänen kusen osuvan huulilleni ja piti niitä painettuna yhteen, kun se tulvi niiden yli ja alas niskalleni ja rintaani. Kun hän oli valmis, hän astui pois minusta ja sitten pois suihkusta. Hän kurkotti takaisin sisään ja sulki veden.

En liikahtanut, koska tunsin mielialan muuttuneen. Sandra kuivui hitaasti ja lähti sitten huoneesta. Kun hän palasi, hänellä oli loungen pituudet. Ne olivat huomattavan kosteat. Sandra otti yhden ja kietoi sen kaulaani ennen kuin käski minun seurata häntä. Se ei ollut tiukka, ja totesin myös, että se ei ollut lipsahdus, se näytti yksinkertaisesti määrittävän meidän välistä suhdetta jälleen. Isäntä ja palvelija.

Takaisin makuuhuoneeseen Sandra käski minun mennä koira-asentoon. Tein niin kuin käskettiin ja hän meni kaappiinsa. Kalastettuaan jonkin aikaa sisällä hän palasi valtavan mustan dildon ja voiteluaineputken kanssa. Hän alkoi nopeasti voitelemaan peräaukkoani useilla sormilla, jotka nyt työnnettiin sisääni. Sitten hän liikkui edessäni ja tiputti voiteluainetta alas valtavaan kumipalaan, jota hän piti, aivan silmieni edessä. Minulla ei ollut aavistustakaan, kuinka sen piti mahtua takakuoppaani.

Pian huomasin, vaikkakin yhtä hitaasti
mutta lujasti, että hän työnsi sen
ryppyistä reikääni vasten . Tunsin itseni
venyvän , leveämmin kuin minulle oli
koskaan tehty. Olin varma, että hän aikoi
repiä peräaukoni, mutta hän tiesi mitä
oli tekemässä. Häneltä kesti 15
minuuttia olla tyytyväinen siihen, kuinka
paljon hirviötä hänellä oli
takamuksessani, ja sitten hän lopetti.
Hengitin helpotuksesta, kun hän lakkasi
työntämästä sitä syvemmälle. Olin
käsilläni ja polvillani ja tunsin sen
alkavan jälleen liukua ulos, kun hän
vapautti otuksestaan. Tämä kuitenkin
loppui nopeasti, kun Sandra sitoi nyörin
sen ympärille ja sitten toisen jalan
ympärille, toiseen ja myös niskaani.

Makasin minut kyljelleni, käteni oli
sidottu sängyn jalkaan ja nilkkani
yhteen.

"Hyvää yötä lelu", Sandra sanoi.

"Hyvää yötä emäntä", vastasin hiljaa. En oikein nukkunut sinä yönä. En yksinkertaisesti ollut tarpeeksi mukava. Nukkuin silloin tällöin, mutta siinä se. Ja kun minun piti pissata keskellä yötä, en yrittänyt tehdä mitään muuta kuin pissata siellä, missä makasin.

Kun Sandra heräsi, hän meni suoraan kaappiinsa ja veti esiin nahkaisen ruoskan. Hän sai minut takaisin koira-asentoon ja heilautti sitten ruoskan persettäni vasten.

Zas!. Hätkähdin ja tunsin nahan pistelyn.

"Luulen, että tämän jälkeen saatat todella ymmärtää tarpeeni täydelliseen tottelevaisuuteen", oli ainoa asia, jonka hän sanoi minulle ennen kuin ruoska osui selkääni ja perseeseeni yhä uudelleen ja uudelleen. Iho ei ollut rikki, mutta se pisti ja tiesin, että siellä olisi paljon punaisia jälkiä, jos pystyisin katsomaan itseäni peilistä.

Jonkin ajan kuluttua olin taas jätetty enkä liikahtanut. Kun Sandra palasi, hänellä oli tuoli. Hän laittoi sen eteeni ja lähti sitten taas huoneesta. Tällä kertaa kun hän palasi, hänellä oli kaksi kulhollista muroja. Hän asetti yhden maahan eteeni ja istui tuolille toisen kanssa.

"Syö", oli kaikki mitä hän sanoi. Päädyin nostamaan kulhoa käsilläni, mutta pysähdyin, kun hän lisäsi: "Ei käsiä." Laskin kasvoni kulhoon ja söin muroja kuin koira, kun hän istui edessäni alasti syöden omaa aamiaistaan. Kun olin syönyt kulhosta niin paljon kuin pystyin , lsat takaisin kannoillani odottaen, massiivinen dildo oli vielä hautautunut perseeseeni ja työntyi ulos jalkojeni väliin. Olin varovainen, etten pakota sitä

enempää. Sandra lopetti aamiaisensa ja
nousi seisomaan liikkuen minua kohti.

Hän seisoi taas ylläni, pillunsa tuuman
päässä suustani.

"Avaa suusi Erika", hän sanoi melko
rauhallisesti. Epäröin. Hän tarttui
hiuksistani vetäen niitä. Tuntui kuin hän
repisi sen pois päänahastani. Avasin
suuni. Sandra alkoi kusta suuhuni.
Annoin sen täyttyä , en niellä, ja sitten
suuni valui yli ja hänen kusinsa juoksi
pitkin kaulaani ja yli rintojeni. Hän näytti
pissaavan ikuisesti , ja mietin, kuinka
paljon vettä hän oli juonut
valmistautuessaan tähän aamuun. Sen
on täytynyt olla paljon.

Kun hän lopetti, hän päästi irti
hiuksistani ja annoin hänen kussansa
viimeisenkin valua suustani.

"Katso, niin nyt hyvä lelu tekee." Hän kumartui alas ja suuteli minua, syöksyi kielensä kuseen kastettuun suuhuni ja nuoli sitten kasvojani. Hän irrotti minua sitoneet narut ja lopulta massiivinen lelu poistettiin peräaukostani.

"Mene sängylle Erika." Nousin sängylle ja makasin selälleni. Sandra nousi yläpuolelleni, hänen rinnansa roikkuivat hänen alla ja raahasivat lihaani. Väsyin, kun nänni leijui sileän kumpuni poikki ja sitten ylös vatsaani. Hän murskasi ne omia pieniä rintojani vasten ja sitten suuteli minua hieroen itseään reisiäni vasten.

Vastasin suudelmaan intohimoisesti ja annoin käteni uskaltaa hänen kyljelleen ja sitten hänen perseen poskilleen, miettien, onko olemassa viiva, jota en saisi ylittää ja mikä se todennäköisesti olisi. Mutta Sandra ei nyt näyttänyt välittävän. Hän nousi istumaan ylleni ja sitten shimmi eteenpäin, kunnes hän painoi pilluaan kasvojani vasten. Söin hänet kielelläni nuollakseni ja hyväillen hänen klitistään, puristaen koko suuni häntä vasten ja tutkien kielelläni. Sandra jauhasi minua vastaan , eikä mennyt kauaa, kun hän tuli.

Sitten Sandra alkoi vaeltaa takaisin vartaloani pitkin, tällä kertaa suutelemalla, imemällä ja pureskelemalla huulillaan, kielellään ja hampaillaan kulkiessaan pitkin lihaani. Kun hän saavutti pilluni, luulin räjähtäväni välittömästi. Hänen kielensä hyväily klitorissani sai minut vastustamaan reaktiota.

Olin niin kiimainen puutteen ja satunnaisuuden viikosta, että ajattelin sammuvani välittömästi. Mutta Sandra oli ilmeisesti hyvin harjoitettu ja tiesi mitä oli tekemässä. Hän kiusoitteli minua melkein orgasmiin asti ja perääntyi sitten, napsuten ja suudella sisäreitteni tai sormillaan vetääkseen nännejäni. Sitten hän hyökkäsi pilluani uudelleen, kunnes olin melkein perillä. Hän työnsi polveani rintaani kohti ja työnsi kielensä syvälle sisääni, sitten nuoli alas peräaukoni ja toisti toimintansa siellä.

Lopulta hän päästi minut irti ja otti klitsiini huultensa väliin, hän veti ja imi sitä. Huusin, kun orgasmini repesi minuun, jalkani vapisevat ja kourisivat sen voimasta. Tunsin ruiskuttavani nestettä tullessani, ensimmäistä kertaa koskaan. Sandra silitteli pilluani, siivosi ja rakasti sitä.

Kun olin toipunut, hän raahasi minut suihkuun, jossa siivosimme, kosketellen ja hyväillen. Oli outoa, että tämä nainen, joka oli rakastajatar, oli yhtäkkiä niin herkkä kosketuksineen. Tuntui kuin olisi murtanut minut, peli oli ohi.

Myöhemmin samana päivänä sanoin
hyvästit Sandralle ja lähdin. Mietin
usein, pitäisikö minun mennä hänen
luokseen ja kenet voisin löytää sidottuna
lattialta, jos menisin.

Jonakin päivänä aion.

LOPPU